적막한
저녁

적막한
저녁

펴낸날 2023년 1월 6일

지은이 김남권
펴낸이 주계수 | **편집책임** 이슬기 | **꾸민이** 김소은

펴낸곳 밥북 | **출판등록** 제 2014-000085 호
주소 서울시 마포구 양화로7길 47 상훈빌딩 2층
전화 02-6925-0370 | **팩스** 02-6925-0380
홈페이지 www.bobbook.co.kr | **이메일** bobbook@hanmail.net

적막한
저녁

밥북 기획시선 35

김남권 시집

화양연화 花樣年華

까마득한 공중에서

연분홍 꽃잎 한 장 날아와

내 가슴에 닿았다

노을이 부드LOVE게 출렁거렸다

삶이 꽃이 된 이 순간,

이젠 아무도 내 곁을 떠나지 않았으면

좋겠다

목차

제1부

제2부

제3부

제4부

제1부

마량에 가야 한다

물비린내가 밧줄로 묶여 있는 포구에는
조업에서 막 돌아온 빈 배 가득
슬픔이 스크럼을 짜고 묶여 있다

갑판에는 어부의 땀 냄새가 닻을 물고 누워 있고
바람이 뱉어놓은 파도의 흰 비늘을 빨간 등대가
밤새 물어뜯고 있다

마량이라고 했던가
그물 사이로 빠져나간 별을 퍼 담느라
허리가 굽은 포구의 여인들 손에서
파도의 무늬가 빠져나가고 있다

부둣가 여인들의 손을 빠져나온 물고기들,
몇은 사창가로 숨어들고 몇은 다방으로
몇은 기차를 타고 서울로 떠났다고 한나

육지에서 붙잡혀 내장을 파 먹힌 채
황태의 운명이 될지라도 다시는 포구로
돌아가지 않을 작정이라고 했다

포구를 방황하다
낯선 남자의 품에서 하룻밤을 보낸
몇몇 물고기들은
날이 밝자마자
물비린내가 난다고 쫓겨나고 말았다

등대 불빛은 새벽이 지나도 꺼질 줄 몰랐고
단 한번만이라도 반짝이고 싶었던
물고기의 아가미는 닫히고 말았다

물고기가 떠난 마량포구엔
빈 배의 뱃고동 소리만
파도의 조문을 대신했다

모기사냥

지난밤 숙취가 채 가시지 않아 청계천3가
라면편의점에 들러 해장 라면을 먹는데
어디서부터 따라왔는지 모기 한 마리가 소리도 없이
알짱거렸다

나 같은 수놈이겠지, 하고
한 젓가락 뜨는 순간 따끔, 어이가 없었다
그래 이제부터 너 죽고 나 살기다
먹고 있던 라면도 내려놓고 모기사냥에 나섰다
아직 배가 덜 고팠는지 겁도 없이 내 주위를 맴돌았다
무엇이 그의 핏줄을 당겼던 것일까
감히 신라 태종무열왕의 후손으로 천이백 년을
내려온 내 피를 도적질하고 살아남을 수 있다고
생각했다면 오산이다
그렇게 몇 분이 지나고 드디어 잡혔다
서울 모기라 그런지 통통하게 살이 올라 있있나
지가 나를 뜯어 먹은 만큼 나도 그년의 머리부터
발끝까지 물어뜯었다

[*]고년 요년 잘 죽었다 요년 고년 잘 죽었다

인두 불로 지질 년 담뱃불로 지질 년

제집 놔두고 저녁마다 퇴근하는 년

도둑질하고도 시치미 떼는 년

다리를 분지르고 모가지를 잘랐다

강원도 촌놈이라고 무시하지 마라

열 받으면 서울 모기쯤은

한 방에 보낼 수 있다

---

* 경기민요 베틀가 중

우표 없는 편지

우표도 없고 소인도 없는 편지가 배달되었다

톱니바퀴마다 산 넘고 강을 건너온 사연들이

빼곡하게 채워져 있어 편지를 받아 든 순간

그리움이 주르륵 흘러내려 손바닥이 흥건하게 젖던

기억을 잃어버렸다

간밤의 체온과 눈물 자국이 남아 있던 편지지의

온기는 사라진 채 워드프로세서로 휘갈긴

건조한 언어들이 스마트하게 난무하는 동안

나무의 혼이 나이테의 눈을 흘긴다

퇴계와 고봉은 석 달을 기다려

편지 한 통을 받았다고 한다

유배지에 가 있을 때는 일 년에 겨우 한두 번

서신을 왕래하면서도 스승과 벗으로 평생 동안

교분을 나누었다는데

꼬박 일주일을 기다려야 답장을 받을 수 있던

개발시대가 지나고 포노사피엔스가 살아가는

21세기가 되었지만 편지는 여전히 느리게 배달되고

그리움은 조급한 자판 위에서 컵라면처럼

익어가고 있다

우표의 눈이 사라진 자리에는

정체불명의 '돈 먹는 하마'

스티커가 냉정하게 붙어 있다

그리고 이제 아무도 편지를 쓰지 않는다

곱빼기는 안 팔아요

김밥 먹으면 천국 보내준다는 말에 속아
매주 금요일 아침마다 그 식당에 들른 지
오 년이 넘었다
갑자기 시원한 열무냉면을 곱빼기로 먹고 싶어서
주문했더니, 곱빼기는 절대로 안 판다고 했다
남는 게 없다는 게 이유다
고작 몇백 원어치 면발을 더 삶아 몇천 원 더 받으면
오히려 이득이 될 텐데
도대체 얼마를 남겨 먹어야 직성이 풀리는지
손님이 없어서 수다를 떨고 있던 늙은 집사님
권사님이 핏대를 올리며
일언지하에 거절했다
내가 팔아준 게 얼만데,
곱빼기를 공짜로 달라는 것도 아닌데,
돈에 미쳐 24시간 장사를 하면서
관에 들어갈 때 돈다발에 묻히고 싶은시
적어도 나보다 십몇 년은 더 늙은 할머니 셋이 똘똘 뭉쳐
핏대를 올렸다

그래요, 난 곱빼기 안 먹고 천국 안 가도 좋지만

늙은 집사님 권사님 당신들도 천국 가기는

애저녁에 글렀네요

모논 母論

모내기 한 논에 하늘이 가득 들어 있다
흰 구름이 지나가고 따오기도 지나간다
딱딱하던 논바닥에 물이 고이기 시작하면 어디
숨어 있다가 이사를 왔는지 모를
미꾸라지 달팽이 올챙이
거머리. 써레질이 끝나 고여 있던 온천 같은
논물 속에서 체온을 높여 번식을 하고
악착같은 울음을 운다
모를 심는 발가락 사이를 빠져나가며
발자국을 뗄 때마다 발목을 붙잡고 놓지 않는
논바닥은 한참을 파도 그냥 물이다
가물면 바닥의 물을 끌어오고 장마 지면 바닥의
바닥까지 물의 뼈를 끌어들여 모가 나지 않도록
어머니의 가슴으로 뿌리를 내렸다
모내기가 끝나야 비로소 논은 어머니가 된다
그 마르지 않는 가슴에서 미꾸라지노 달팽이노
올챙이도 거머리도 모와 함께 자란다
통통하게 살이 올라 논을 떠날 것을 뻔히 알면서

논은 기어이 발목을 내주고 가슴을 내어준다

돌아오지 않을 것을 뻔히 알고 있으면서

매일 매일 다시는 안 볼 것처럼

유월의 논은 모를 키운다

적막한 저녁

비가 내리고 어둠이 저녁의 꼬리를 물고 가던
유월 어느 날 나는 그대를 찾아가다
넘어지고 말았다

기적 소리가 울렸는지 잘 기억나지 않지만
멀리서 바람 소리가 들렸던 것 같다

사방엔 연초록의 흔들림만 분명한데,
매일 다니던
길인데 그대를 찾아가다 넘어지고 말았다

아무도 일으켜주지 않는 길을 홀로 걸어가다
비의 방지턱에 걸려 넘어지고 말았다

비가 내리고 꽃이 졌다는 건
한 사람의 영혼이 길을 떠났나는 뜻이디

달을 꿈꾸던 꽃의 심장 속에 오래 잠들어 있던
영혼이 어둠의 건너편을 향해 손을 흔든다

적막한 저녁이 저물고 있다

어느 환경운동가의 죽음

80살 박국자 70살 조귀섭
75살 문창기 74살 정시화
76살 김은숙,
십 년 넘게 폐지를 줍고 있다
하루 13시간 쉬지 않고 일을 해야
만 원 벌기도 힘들다
1kg에 120원 하는 폐지를 줍다 빈 병 몇 개를
줍는 날은 횡재하는 날이다
같은 골목을 하루에도 수십 번씩 왕래하며
허탕 치지 않으려면 누구보다 빨리 움직여야 한다
살기 위해 폐지를 줍고
맨몸으로 오르내리기도 힘겨운 언덕길을
매일 삼십 리 넘게 백 킬로그램의
리어카에 끌려가며 걸어야 한다
점심은 편의점에서 먹는 1,100원짜리 컵라면 하나다
돼지 족발이라도 한번 먹고 싶은 게 소원이나
하루 한 끼 밥을 먹기 위해 밥을 거르며 살고 있다
혼자 벽보고 먹는 밥은 얼마나 오래되었을까

뜨끈한 곰탕 한 그릇이 먹고 싶다
차와 사람이 겨우 비켜 가기도 버거운 골목길,
목숨을 건 곡예는 오늘도 계속된다
리어카 위로 소나기가 쏟아진다

10원이라도 더 준다는 고물상을 찾아가다
일흔다섯 고단한 생을 마감한 문씨,
빈소도 없는 마지막 길을 빈 리어카들이
비를 맞으며 조문하고 있다

슬픔변경선

순천만에 보름달이 뜨면
갈대가 일제히 달빛을 발라먹느라 분주해진다
사사삭 사삭, 사사사삭 사삭
밤손님 다녀가느라 숨죽인 자정 무렵,
나는 국경을 넘듯 몰래 경도 180도의
슬픔변경선을 넘어
철새들이 잠들어 있다는 갈대의 심장 속으로
발걸음을 옮긴다
물고기들의 비밀 언어가 뿌리 깊게 박혀 있는
갈대의 목울대 너머로 오억만 년 전
갯벌의 비릿한 숨소리가 끌려 나온다
아버지가 걸어왔던 진흙밭도 그랬다
평생을 객지로 떠돌며
끊임없는 수렁 속으로 끌려 들어가
늪을 빠져나오지 못한 채
그리니치 천문대로 향하는 사월의 슬픔변성신을
넘고 말았다
한 달에 한 번 보름날이 되면

순천만에 뿌리를 둔 갈대들이

수인리의 선착장으로 몰려와

꽃등 하나 켜 놓고

사사삭 사삭, 사사사삭 사삭

물고기 울음을 쏟아놓고 있었다

오후 세 시의 낮달

오후 세 시 정각,

시계가 90도를 가리키는 직각의 선 너머에서

주파수를 타고 온 전파가

스마트 폰에 '세상의 빛'으로 떴다

나를 바라보는 유일한 눈빛,

직각이 180도를 향해 기울어 갈 때

물방울도 나눌 수 없는 관계는

스마트폰 화면 속에서

소멸의 분기점으로 치닫고 있다

사랑은 인수분해를 할 수 없는 것,

제로0와 제로0가 무한대가 되는 양자물리학의

원리를 무시하고 우주의 공간을 가로질러

주파수를 타고 그가 왔다

누가 자꾸 부르는 것 같아 뒤를 돌아봤더니

낮달이 떠 있었다고,

혹시 내 생각했냐고,

순간 왼쪽 가슴으로 고속전철을 움직이는

전기가 흘렀다고,

묻지도 않은 이야기를 쏟아놓고

'세상의 빛'은 순식간에 주파수 밖으로 사라졌고

낮달은 폐허의 눈빛으로 나를

내려다보며 눈시울을 붉혔다

그대, 지리산으로 가라

겨울 나비를 만나려거든 지리산으로 가라
세석평전에 올라 아직 지지 않은 나뭇잎을
어루만지며 봄이 오기를 기다리는
간절한 숨결을 만져 보아라
천상과 지상의 경계가 다르지 않은 곳,
사람의 그리움이 날개가 되는 곳,
겨울 나비를 만나려거든 지리산으로 가라
밤새워 내리는 하얀 나비들의 소리 없는
날갯짓을 받들고 차갑게 식지 않는
별빛들의 함성 소리를 들을 것이다
천왕봉에 오르지 말아라
그곳에 오르고 나면 더 이상 지상에서는
머무를 곳이 없어진다
뱀사골에 깃들어도 좋고
불일폭포에 깃들어도 좋다
지리산은 사람의 발자국을
함부로 남겨두는 곳이 아니다
사람의 발자국은 단풍나무가 화엄의 날개를 붙잡고

노고단에 오를 때까지 허락하는 것이다
이 땅의 모든 어머니 된 여자들의 혼이
지상에서 마지막으로 머무는 그곳,
겨울 나비를 만나려거든 지리산으로 가라
사랑하는 동안 나비의 체온으로
심장이 뜨거워지는 그대 지리산으로 가라

신 사랑가

구름이 몰려온다

태기산을 넘어온 먹구름이 봉평 장터를 지나고

대화 땀띠물도 지나고 평창강 구비를 따라

바람처럼 몰려온다

사방이 어두워지고 천지가 개벽을 한다

우르릉 쾅쾅 우르릉 쾅쾅

지상의 죄 많은 인간, 모두 쓸어가라고

번쩍번쩍 우르릉 쾅쾅

산이 울리고 강이 울리고

천지간이 울리더니 장대비가 쏟아진다

뚜르륵 탁탁 뚜르륵 탁탁

마른 땅이 젖는다

마른 잎이 젖는다

마른 가슴이 젖는다

여기저기 낮별이 쏟아지고

후르르륵, 꽃바람이 지나간다

사랑을 할 때도 물이 필요하고

이별을 할 때도 물이 필요하고

욕을 할 때도 물이 필요하고

별을 만질 때도 물이 필요하고

얼마나 더 뜨거워야 물이 되는 것이냐

얼마나 더 쓰라려야 물을 길어 오는 것이냐

구름이 와야 한다

먹구름이 몰려와야 살아난다

텅 빈 세상에 물을 불러오고

텅 빈 가슴에 물을 불러오는

운명 같은 시간,

나비가 날아와야 한다

나비가 날아와야 꽃이 핀다

살아남은 마지막 운명,

내 마지막별을 지키기 위해

하얀 나비 한 마리

또르륵 똑똑

또르륵 똑똑

빛나는 눈을 떠야 한다

번~~~쩍!

마지막 김장

소금 꽃을 피우는 엄마와
배추꽃을 피우는 딸이 김장을 한다
엄마가 벌레 먹은 배추의 속을 가르는 동안
딸은 굵은 소금을 한 바가지 가져와
'처억, 척' 뿌리는데
나비가 되지 못한 채 살이 통통하게 차오른
배추벌레 한 마리와 눈이 마주치고 말았다
새까만 눈망울에 눈물이 그렁그렁한 채
집을 빼앗긴 애벌레 때문에 한참을 망설이는데
곁에서 지켜보던 엄마,
"그렇게 뿌리면 숨이 안 죽어
잡귀를 물리치듯 '척, 처억 척' 손사래를 쳐야
야물게 절여지는 법이야"
반세기 넘게 김장을 해온 엄마는
소금 하나도 허투루 치는 법이 없었다
다섯이나 되는 자식들 입에 늘어가는 음식을
바쁘다는 핑계로 함부로 내놓지 않았고
몸이 아프다고 함부로 새끼들 끼니를 거르지 않았던,

엄마가 아프다

팔십 평생 팔팔하고 싱싱하던 고랭지 배추처럼

야물게 옹골차게 속이 차올랐던 엄마가 아프다

이제 당신이 소금에 절여질 차례라며

며칠째 곡기를 끊다시피 나비가 되지 못한

엄마의 눈망울이 배추벌레를 닮아있다

아무래도 이번이 마지막 김장이 될 것 같다

아그배나무 세 그루가 있는 풍경

별빛의 온도를 재러 갔다

아그배나무 세 그루가 있는 숲에서

나를 기다린다고 했다

대낮인데도 사방은 어두웠고

별 하나가 감물 빛으로 빛나고 있었다

산국 피어있는 언덕 너머로

달의 심장을 꺼내왔다는 남자의 손에서

샛노란 핏물이 뚝뚝 떨어지고 있었다

에밀레의 비천상 속으로 걸어 들어간 여자가

아그배나무 세 그루가 있는 숲에서

울고 있었다

대낮을 지난 지 오래되었는데 주변은 그림자도

없이 환하게 빛났고 달 하나가 나팔꽃으로

피어나고 있었다

연리지 나무가 뿌리를 뻗고 있는

연못 아래로

별의 손바닥을 빌려왔다는 여자의 입술에서

새하얀 꽃물이 뚝뚝 떨어지고 있었다

아그배아그배아그배

마지막 사랑이 시작되고 있었다

정치인의 자격

한 초등학교에 정치인이 방문했다

'여러분 내가 누군지 알아요?'

'네, 알아요 티비에서 봤어요'

기분 좋아진 정치인이 물었다

'내가 누구예요?'

'저 새끼요'

당황한 정치인이 나중에

대통령이나 국회의원이 되고 싶은 사람이 있느냐고 물었다

'저요 저요 저요'

몇 명의 아이들이 손을 들었다

흐뭇한 정치인은

그럼 그렇지, 속으로 쾌재를 부르며

한마디 했다

'대통령이나 국회의원이 되려면 어떻게 해야 할까요?'

'기억력이 나빠야 돼요'

'거짓말을 잘해야 돼요'

'뇌물을 좋아해야 돼요'

'사기를 잘 쳐야 돼요'

'욕을 잘해야 돼요'

'성추행을 할 줄 알아야 돼요'

얼굴이 벌게진 정치인은 허둥지둥 자리를

피하는데 아이들이 뒤통수에 대고

속삭인다

'야, 저 새끼 간다'

첫 키스

혀를 삐었다
구름 위를 나는 것 같고
강물 위를 걷는 것 같고
바람 속을 거니는 것 같고
꽃을 깨문 것 같았다
별사탕을 빠는 것처럼
눈이 시리고
온몸의 뼈가 녹아내렸다
나도 모르게
입술은 사라지고 혀만 남았다
혀를 삐었다
목불인견,
백 년 만에 처음이다

첫사랑

너에게 흘러가는 방법을 몰라
무작정 강물에 몸을 실었다
처음엔 강물의 깊이를 알 수 없었기에
무섭고 두려웠다
수면에 얼굴이 닿으며
가라앉기 시작하기를 한나절쯤,
발끝에 뭉클한 기운이 느껴지고
푸른 하늘이 펼쳐졌다
가만히 있어도 몸은 움직이기 시작했고
밤하늘엔 별들이 마중 나와
먼바다 이야기를 들려주었다
시간이 얼마나 흘렀을까
생전 처음 듣는 사람들의
말소리가 들리기 시작하고
환영처럼 그 사람의 모습이 보이기 시작했다
나팔꽃처럼
제비꽃처럼
까치발 들고 연잎 차의 물길이 차올랐다
그리움이었다

초침에서 분침까지

초침이 멀리서 오는 소리가 들려

우주를 건너 은하수를 건너

쉬지 않고 걸어오지

가까이 더 가까이 올 때마다

가슴이 두근거려

숨이 멎을 것 같아

똑딱, 하고 스쳐 가는 순간

내 눈이 멀어

내 가슴이 멀어

난 정말 분침이라는 사실이 슬퍼

또 멀어져가는 너를 보며

난 정말 분침이라는 사실이 슬퍼

안타까운 내 심장 소리가 들려

언제까지나 난 너를 기다리는 분침

넌 나를 애타게 하는 초침

그래도 영원히 끝나지 않을 거야

난 너만 기다릴 거야

난 너만 사랑하니까

난 너를 움직이는 기름이니까

반달의 사랑

반달이 밤새도록 별빛을 마주 보며

사랑을 나눈다는 사실을 처음 알았습니다

눈 한 번 깜박이지 않고

손 한 번 놓지 않고

서로를 응시하는 저 고요한 떨림은

어디에서 시작된 것일까요

아침이 올 때까지 서로를 향한 주파수를 열어놓고

십만 년 동안 하지 못한 말

서로의 불빛으로 대신합니다

초승달로는 부족하고 온달은 빈틈이 없어서

서로의 반쪽,

반달과 홀 별로 만만 설레는 이 순간을

어찌하면 좋을까요

두 손을 맞대고

두 볼을 맞대고

서로의 방향으로 기울어 가는 반달와 홀 빌 하나,

오늘은 십만 년 동안 가슴속에 담아 두었던

한 마디를 당신께 전합니다

사랑, 합니다

제2부

주상절리에 가야 한다

수억만 년 전의 기록들이 켜켜이 쌓여 있는
두어 평 남짓한 방이 청계천 5가에서 6가까지
빽빽하게 퇴적층으로 연결되어 있는
1977년의 평화시장에 가야 한다
하루 종일 종로6가 대학촌으로 이어지는
헌책방 근처를
어슬렁거리는 일이야말로 스무 살 무렵의
허기를 채우는 내 유일한 낭만이었다
며칠씩 굶다가 자취방에 남아 있는 헌책 몇 권을
들고 나가 라면 한 그릇으로
오랜 공복을 채우고 돌아오면
몇 달 동안 정신적 허기와 죄책감에 시달려야 했다
명절 무렵 겨우 얼마의 푼돈이 생겨서
567번 시내버스를 타고
청계천으로 나가면 텅 빈 주머니를 원망하며
헌책방 앞에 켜켜이 쌓여 있는 보불늘 속에
내 청춘의 기억을 묻어야 했다
이십 년 전 강원도 산골로 옮겨 놓은 두어 평짜리

내 서식처엔 나날이 새 책이 늘어나고
헌책이 잠자리를 덮치며 밀고 들어오지만
나는 함부로 책을 내다 팔거나
분리수거용품으로 내놓을 수가 없다
이제 다시 질풍노도의 강을 건너고
목숨과 맞바꾸며 쌓아 올린 주상절리가 서서히 나를
침식시킬지라도 마지막 남은 나만의 언어로
나팔꽃 망루에 올라 켜켜이 책의 집을 지을 것이다

처녀 장례지도사 선미 씨

나는 아직 시신을 본 일이 없다
누군가 눈을 감고 있다는 건
잠을 자고 있다는 것인 줄만 알았다
체온이 식은 몸을 만져본 적 없는 내게 잠든 아기를
다루듯 한 치의 망설임 없이 망자의
얼굴을 씻고 몸을 닦는 그녀는 처녀의 몸이었다

어머니의 방에서 나와 수십 년을 살다가 아버지의
관으로 들어가는 순간, 가족도 없이
스스로의 죽음을 예감한 쓸쓸한 무연고 할머니의 주머니
에서
나온 만 원짜리 몇 장과
삐뚤빼뚤 쓰인 '고. 맙. 읍. 니. 다'
쪽지 한 장,
이십 년 전 장기기증을 신청한 내 지갑 속에도 있다

응급실에서 코드 콜이 오는 순간부터 망자를
맞이하고 운구 행렬이 장례식장을 빠져나가는
마지막 순간까지 인간의 존엄을 잃지 않도록
허리를 깊이 숙이고
맨손으로 망자를 닦고 옷을 갈아입히며 꽃을 빚는
그녀의 숭고한 손길을 보면서
바닷가 어느 외딴 마을의
콧구멍만 한 공소에서 만난
성모마리아가 생각났다

한평생 내가 만난 사람 중에서
인간에 대한 예의를 이렇게
극진하게 대하는 사람을 본 일이 없다

마지막 광부

지하 700미터 수직 갱도를 따라

엘리베이터가 출발했다

한겨울에도 섭씨 삼십 도를 오르내리는 지열에

검은 먼지로 한 치 앞이 보이지 않았다

가쁜 숨을 몰아쉬며 헤드랜턴 불빛에 의지해 태백의 심

장을 캔다

수억만 년전 새와 나무와 짐승의 탄화물이었을

지구의 검은 허파를 캐내고 있다

한때는 거리의 개들도 만 원짜리를 물고 다녔다는

장성광업소의 마지막 광부들이

막장에서 죽음을 캐고 있다

아내가 싸준 도시락을 나눠 먹은 쥐들은

아직 무사하다

만 명이 넘게 갱도 안에 묻히고

십만 명이 넘는 사람들이 도시를 떠났다

그리고 반세기 동안 갱도 속에 머물렀던 광부들은

폐가 새카맣게 굳어가는 병원 침대 위에서

속절없는 죽음의 시간을 기다리고 있다

단 한 번도 누군가의 심장을 뜨겁게 불사르지 못한 채
늙어가고 있는 나는 막장 밖에서 한 치 앞도
안 보이는 새까만 세상을 살아가느라
물갈퀴도 없는 헛발질을 하고 있다

등을 읽었다

등이 닿았다
오십 년 넘게 살아온 인생의 무늬가 새겨진
그 사람의 등에서 물고기가 파드득거렸다
사람의 온도를 느껴본 게 얼마 만인지
등에서도 별 냄새가 났다
말 한마디 없어도 수많은 말이 오고 갔다
등을 맞댔는데 심장이 뜨거워질 수 있다는 걸
처음 알았다
등이 맞닿은 동안 그 사람이 살아온 인생의 무늬가
그대로 카피되어 내 등에 새겨졌다
이렇게 빨리 한 사람의 일생이
건너올 수 있다는 게 신기했다
사람의 등으로도 사랑을 할 수 있다는 게 신비로웠다
그가 읽고 있는 시집 속으로 눈물이 떨어졌다
아주 오래된 사랑이 녹고 있었다

빈집

핏줄도 없는 빈집에 들어섰다

아무도 살지 않는 집,

어쩌다 여기까지 왔는지

기억나지 않는다

육십 년 만이다

화전민이라고 쫓겨난 지 반세기가 지나

대문도 없고 울타리도 없고

주춧돌도 없는 집에 누굴 찾아온 걸까

아버지가 손수 돌을 날라 와 흙벽을 바르고 툇마루에

철이 안 든 강아지가 꼬리를 흔들며 뛰어다니던

기억만 있고 집은 없다

만취의 기운을 빌려 찾아간 집,

발밑에선 자꾸 물이 차오르고 고개는

넘어도 넘어도 끝이 나지 않았다

멀리서 누군가 나를 부르는 소리가 들려

뒤를 돌아봤다

여섯 살 어린 소년이

툇마루에 홀로 앉아 울고 있었다

펜혹을 벗다

펜혹이 허물을 벗고 있다

이런 모욕은 생전 처음이다

평생을 손가락 하나 믿고 지금까지 살았는데

이제 와서 허물을 벗다니, 얼마나 게으르고

배불렀으면 스스로 배신의 길을 선택했겠는가

컴퓨터를 한다고 독수리가 되어

자판을 두드리고

디지털 민족이라고 오른손 검지 하나로 하루 종일

스마트폰 활자판을 두드렸다

한때는 하룻저녁에도 200칸의 집을 지으며 몇 날 며칠,

정에 굶주린 사내처럼 밤새 매음굴의 젖가슴을,

파고들기도 했었다

무연고 무덤으로 방치되었던 오른쪽 중지 언덕에

사내의 냄새를 귀신같이 기억하는 여자의

잘려나간 딱딱한 가슴으로

새살이 차오르기 시작했다

가난과 허기로 견뎌온 세월을 철저하게 무시하며

아버지의 무덤도 할머니의 무덤도, 무시하며

살아온 길 위의 청춘이 형벌처럼 쌓이고 있다

첫 번째 배신은 젤리펜이었다

오래도록 힘을 주지 않아도 되고

똥을 치울 필요도 없는 볼펜으로부터 해방되는 순간

예견되었던 일이다

두 번째 배신은 컴퓨터, 세 번째 배신은 스마트폰이다

이젠 아무도 믿지 않는다

더 이상 파고들고 싶은 젖가슴도 없다

희미해져 가는 마지막 혹 하나만 데리고

사족처럼 딸려 온 인두겁을 벗으면 그만이다

하얀 민들레의 귀환
- 위안부 할머니들께 바침

1. 탄생

밤마다 고향의 별을 그리워하던 꽃잎이 지고 있다
백 년 전 이 땅의 작은 골짜기에서
금지옥엽으로 피어나 아장아장 걸음마를 떼었던
그 작은 꽃잎이 하나둘 지고 있다
얼마나 오래 걸어왔는지 얼마나 멀리 걸어왔는지
발자국마다 갈라 터지고 부르터 차마 신발조차
신을 수가 없다
조선이라는 나라에서 가장 아름다운 꽃송이였을 때,
복사꽃보다 더 붉어지던 볼, 가지런한 치아,
오뚝한 콧날, 삼족오보다 검던 비단 같은 머릿결을
찰랑거리며 팔짝팔짝 푸른 들녘의 나비였던 때
아침마다 세상의 빛으로 물안개 속에서 깨어나
숲의 정령마저 깨우던 순수한 영혼이었다

2. 소녀

새해 첫날 처음 내리는 눈송이처럼 발자국을 디딘 곳마다
새하얀 민들레가 꽃눈을 열고
한 겹 두 겹 세 겹 백의의 깃발을 내보일 때,
그 속에서 뜨거운 심장으로 순결하게
백마 타고 오는 한 사람만을 기다렸을
홀씨 하나하나, 꿈결 같은 바람 타고
어딘가에서 기다리고 있을 인연을 향해 날아갔을 것이다
비자림 숲의 천년 연리지 나무처럼
서로 다른 뿌리에서 돋아나 하나의 줄기가 되고
하나의 영혼이 되어
정녕 신령스러운 숲의 정령이 되는 꿈을 꾸었을 것이다
그 발걸음이 닿을 때마다 새들이 깨어나고
물고기가 깨어나고 꽃봉오리가 깨어났을 것이다
한 번도 가지 않은 길이 보이고 한 번도 열리지 않은
물길이 열렸을 것이다
그 달큰한 숨결이 닿는 곳마다 별이 내려와 잠을

청하고 새벽이슬이 내려와 아침을 순결하게
씻겨주었을 것이다

3. 치욕

아, 그러나 이 일을 어찌하랴,
민들레꽃이 다 피어나기도 전에
무책임하고 어리석고 탐욕스런 어른들의
무능함으로 들을 빼앗기고 말을 빼앗기고 숨을 빼앗기는
더러운 순간을 맞이하고야 말았다
영문도 모른 채 자다가 끌려가고 학교 가다 끌려가고
나들이하다 끌려가는 소녀들이 얼마였던가
수백 년 전부터 은혜를 원수로 갚아온 배은망덕하고
상스런 왜놈들이 훈도시만 차고 판잣집에서 살던
근본도 없는 미개한 부족들이,
감히 아름다움을 섬기는 신령스러운 소녀들을
자신의 영혼을 팔아먹은 짐승들이

정신대라는 이름으로 강제로 끌고 가 반세기 동안

욕보이고 그 영혼마저 파괴시키고 말았다

개도 돼지도 금하는 짓을 백주대낮에 길바닥에서

들판에서 술집에서 아랫도리를 흔들어대던

만행을 똑똑히 기억하고 있다

나라를 능멸하고 역사를 능멸하고 땅의 신인

소녀를 능멸한 그 죄를 하늘의 모든 신들과 더불어

똑똑히 기억하고 천만 년이 지나더라도

하나하나 그 죗값을 받아낼 것이다

4. 분노

아직 한 번도 무릎 꿇은 적 없고,

아직 한 번도 눈물 흘리며 머리를 조아린 적 없는

천인공노할 범죄자들을

이제 더 이상 용서할 마음이 없다

그놈들 죽어서 하늘에 간다고 해도 절대로

끝나지 않을 것이다

그곳은 불지옥 가시 지옥 끓는 물 지옥일 것이다

그 자손들이 절대로 복을 누리지 못할 것이다

신령스럽고 고귀한 대지의 어머니를 능멸한 죄,

하느님을 대신해서

사람을 돌보려고 내려온 아름다운 어머니가 될 소녀를

짓밟은 죗값을 치르는 순간순간을 내가

죽더라도 시퍼렇게 눈 뜨고 지켜볼 것이다

그리하여 억울하게 먼저 하늘 정원의 나비가 되고

별이 된 소녀들의 피맺힌 한을 풀어줄 것이다

5. 한

하루하루 눈 뜨는 시간이 지옥이었다

숨이 붙어 있다는 사실이 치욕스러웠다

어머니가 빚으시고 아버지가 고이고이 길러주신

백합 같은 몸을, 천박한 이리떼의 먹이가 되게

하다니 차마 눈을 뜨는 순간이 죄스러웠다

열여섯 열일곱 열여덟 어린 살결에 근본도 없는

섬나라 도적 떼의 화인이 찍히고

살아도 산목숨이 아닌 채로

꽃잎이 지도록 피눈물을 참아야 했다

어미의 따뜻한 품 안에서 된장찌개를 먹으며

눈웃음을 짓고 아비의 너른 등에서 어부바를 하며

응석을 부릴 나이였다

아직 한 번도 따뜻한 밥 한 끼 지어드리지도 못했는데

아직 한 번도 미역국을 끓여드리지도 못했는데

전장으로 끌려다니며 욕 받이로 살아가야 하다니

이 하늘 아래서는 차마 눈을 감을 수조차 없겠구나

6. 슬픔

고향을 떠나온 지 몇 해가 지났는지

기억이 가물가물하다 동무들은 어디로 끌려갔을까?

살아는 있을까?

밤마다 고국의 하늘을 바라보며

달이 지기만을 기다리고 또 기다렸다

멀리 아버지의 기침 소리가 들려오고 어머니가

저녁 먹으라고 부르는 소리가 들려왔다

왜놈들에게 끌려오던 날, 동구 밖까지 따라 나오며

'누나'를 애타게 부르던 동생들은 잘 있는지…

오늘따라 별의 이마가 더욱 푸르다

철 따라 익어가던 마당 가의 복숭아 자두 밤 대추도

익어가고 있겠지

나만 졸졸 따라다니던 강아지는 나를 알아볼 수 있을까?

가슴 가득 그리움이 강철처럼 굳어져 눈물이

마를 줄을 모르고 있다

7. 운명

여기가 어딘지 모르겠다

나는 왜 여기까지 왔을까?

나는 왜 이런 나라 이런 시절에 태어나

치욕의 순간들을 견뎌야 하나,

아무도 도와줄 이 없고 아무도 아는 이도 없는

오랑캐의 땅에서 흡혈귀 같은 악마들에게 영혼을

갉아 먹히며 목숨을 유지해야 하나

아무리 생각해도 나는 잘못한 것이 없다

나라를 지키지 못하고 백성을 지키지 못한 매국노들이

고관대작이 되어 경복궁의 전각을 팔아먹고

땅을 도적질하고 백성을 팔아먹으며 호의호식하고 있는데

나는 왜 나를 불러주지도 않은 땅에 와서

욕 받이가 되어야 하나

아무리 생각해도 나는 조선의 딸이었던 죄밖에 없다

8. 나비

이리떼로부터 해방을 맞이한 지

어언 팔십 년이 다 되었다

삼백여 명의 하얀 민들레꽃은 나비를 따라간 지 오래다

박씨 할머니 윤씨 할머니 김씨 할머니 정씨 할머니…

이젠 이름조차 남아 있지 않은 꽃잎의 흔적만 남아

마지막 운명의 순간을 기다리고 있다

얼마나 더 기다려야 하나

얼마나 더 억울한 채 눈을 감아야 하나

살아있는 동안 무릎 꿇고 사과 한마디 하는 일이

그렇게도 힘들단 말인가?

함부로 그들을 두둔하지 마라

하얀 민들레꽃은 한 번도 진 적 없고

빛깔이 변한 적도 없다

해마다 삼월이 오면 하얀 민들레꽃이 피는 이유,

다시 올 나비를 기다리고 있기 때문이다

그 나비의 뜨거운 심장에서 새하얀 피가 민들레의

영혼으로 들어가기 때문이다

9. 별

나비를 불러온 숨결이 느껴지는 깊은 아침에
꽃잎이 하나씩 깨어나고 있다
저 높은 하늘에도 저 낮은 대지에도
저 슬픈 꽃잎의 가슴에도
소녀였던 그때 백 년의 꽃잎이 깨어나고 있다
우리가 우리에게 부끄럽지 않게
더 이상 무책임하고 무능하고 어리석은 어른들의
과오로 이 땅을 더러운 피로 물들이지 못하게
하얀 민들레의 꽃잎이 깨어나고 있다
백두산에서 한라산에서 마라도에서 독도에서
하얀 민들레 꽃잎이 깨어나 소녀의 새로운 탄생을
알리고 있다
백 년 전 그때 그랬던 것처럼, 아장아장 맨발로
이 땅의 숨결을 다지고 깡충깡충 이 나라의 하늘을
열었던 민들레 홀씨처럼 별이 된 꽃잎이
우리 가슴속으로 들어오고 있다

꽃잎이 된 별이 그대의 가슴속으로 들어가고 있다

여기, 백의민족의 순결한 빛을 모으며

개 같은 날의 아침

장대비가 밤새워 퍼붓는다.
오래도록 풀지 못한 숙제를 한꺼번에 풀려는 듯
쉬지 않고 쏟아졌다

장마전선은 전국을 전쟁터로 만들고
명치끝에 걸린 생선 가시 하나는
30여 년째 목구멍에 걸려 꺽꺽대고 있다

늙은 냉장고는 덩달아
그르렁거리며
새벽을 깨물어 먹고,

건넌방에서는 술 취한 독사 한 마리가
코를 골며 누워있다

오늘 하루도 길어질 것 같다

별에서 온 여자

별이 내려오는 시간을 알고 있는 여자를 만났다

저녁마다 시간을 거꾸로 돌려놓고

등대 불빛 같은 천형의 외로움을 안고 호접란

꽃잎 떨구듯 내게 돌아와

보랏빛 울음을 우는 여자였다

얼마나 서러운지 얼마나 뜨거운지

발등이 덴 자리에 얼레지꽃이 피어났다

사하라에서 걸어왔다는 오 씨 성을 가진 로라 씨는

밤을 바닷속에 숨겨놓았는지 밤새도록

서쪽 하늘에서 파도 냄새가 났다

그 여자가 별을 하나씩 훔칠 때마다 별 비린내가 났다

한 번도 사랑을 해본 적이 없는 처녀의 몸에서

난다는 별 비린내를 찾으러 사하라에서 왔다는

오 씨 성을 가진 로라 씨의 가슴에서도

꽃 비린내가 났다

내가 처음 세상에 나와 어머니의 가슴에서

맡았던 그 냄새다

발등이 얼레지하게 부어오르고 있다

여자가 보랏빛 치마를 걷어 올리며

눈물을 닦고 있는지

별의 눈이 보랏빛 매듭으로 충혈되고 있다

달이 기우는 방향으로 사랑이 시작되려나 보다

유배지에서 보내는 편지

벌써 이십 년이 다 되어간다
청춘을 보낸 대한민국의 핫플레이스에서 자발적
고립을 선택해 평창으로 유배 온 지 십팔 년,
위리안치된 줄도 모르고 수시로 유배지를 벗어나 다시
감금되기를 반복하고 있다
눈을 뜨면 사방이 산이다
집 앞으로는 평창강이 흐르고 남으로는 영월,
동으로는 정선, 서로는 횡성, 북으로는 홍천에 갇혀 있는
천혜의 유배지 그 옛날 사람들은 죄인을 유배시키고
돌아가다가 길을 잃어 석 달씩 스스로 유폐되기도 했다고
한다
가만히 앉아 있으면 아무도 찾아오지 않는다
역병이 돌고 나서 유배지 사람들은 서로를 믿지 않는 분
위기다
모두 입을 봉한 채 눈만 내놓고 다닌다
혹 길을 가다가 아는 사람을 만나도 고개를 돌리고 만다
아이들만 가끔 편의점에 모여 컵에 든 라면을 먹으며
수다를 떨다 가고

가끔 핫플레이스에 다녀가는 사람들은

새로운 염병을 퍼뜨리고 간다

예전엔 역병이 돌면 마을을 통째로 불사르기도 했다던데,

나라에서 밥도 안 주고 나를 유배지로 보낸 지

이십 년이 다 되어간다

나보다 먼저 청령포에 와 있던 노산군은

전화 한 통 없다

내년 봄, 위리안치된 유배지에도 제비꽃 어린잎이

피어날 수 있을까

결

나무는 신분증을 발급받을 수 없어

지문을 몸속에 숨기고 무늬를 만들어 간다

모진 비바람이 몰아칠 때 안간힘으로 버티느라

허리가 굽기도 하고

가뭄이 심하게 들어 허리띠를 졸라맸던

자리는 지금도 옹이로 남아 있다

어머니 이마에 주름이 늘어갈 때 나는 몰랐다

어머니가 나무속으로 걸어 들어갈

준비를 한다는 것을,

스스로 나무의 무늬를 완성하려고 열일곱

꽃다운 심장을 겉으로 드러내지 않고

그 향기로운 숨결을 꼭꼭 숨겨두고

사랑이라는 지문을 안으로 안으로만

새기고 있었다는 것을,

어머니의 신분증에 남아 있는 지문은 젊은 시절

그 얼굴을 닮아 싱싱하고 아름답다

그리하여 나는 오래된 나무들이 누워있는

목재소에서 밤새도록 여인의 울음소리를

들은 적 있다

이튿날 아침, 어김없이

나무가 가로로 켜지면서 톱날을 물고

눈물을 뚝뚝 흘리다 쩍, 갈라지고 나면

어김없이 어머니가 누워 있었다

어머니의 심장을 떼어오면 살려주겠다는

재판관의 말을 듣고

한달음에 달려가 제 어미의 심장을 떼어

뒤도 안 돌아보고 뛰어가던 아들이 돌부리에

걸려 넘어졌을 때, "애야 괜찮니" 하고 걱정하던

어머니의 인자하신 미소가 오늘 잘라낸 나무의

나이테마다 뚜렷하게 남아 있었다

활화산

오늘 아침에도 작은 기생화산 하나가 분출했다

용암이 쏟아져 낮은 땅으로

시냇물처럼 흘러넘쳤다

며칠 전 터진 기생화산 바로 옆에서 살아난 분화구는

백록담 주변에 남아 있는 수백 개의 오름처럼

하루도 빠짐없이 솟구치고 있다

반세기 넘게 사화산으로 알고 살아왔는데

아니 사십오억 년을 기미조차 없이 농사만 짓던

절대농지였는데 어느 날 저녁나절, 노을과 눈이 맞은

보잘것없는 민들레 꽃 심장을 타고 뿌리로 이어진

미세한 파동이 마그마를 꿈틀거리게 하고

죽어 있던 세포들을 깨워 공중 한가운데로

분화한 후로, 시도 때도 없이

기생화산이 터지고 있다

오랫동안 굳어 있던 눈물도 녹고

오랜 시간 죽어 있던 감정도 녹고

바닷물로도 식힐 수 없는 용암 덩어리들이

가슴을 데우고 눈빛을 데우고

바람을 데워, 석 달 열흘 비로 내렸다

여전히 화산은 폭발하고,

매 순간 심장은 펄떡이는데

나팔꽃 소녀에게

별빛의 언어로 탄생되었다는 소녀를 만났다

아버지 별로부터 일억 광년을 건너와
어머니의 유전자를 이어받았다는 소녀의
가슴에는 별빛무늬가 살아있어서
새벽이슬이 깨어날 때마다
눈물 밥을 먹는 사람의 심장을 찾아간다고 했다

새벽 우체부가 되어 사슴의 눈망울을 배달하고는
물안개처럼 평창강 물결을 따라간 사람,
그리움의 주파수가 되어 제비꽃 씨앗을 배달하고는
하늘이 주신 심장 그대로 순결하게 뜨거워지는 사람,

자정 무렵, 잠이 든 소녀의 가슴에서
별빛 사리가 쏟아지고 하늘 가장자리에서 소리 없이
울고 있는 사람의 영혼을 비춘다고 했다

일억 광년 너머 단 한 사람의 기억을 불러와

마그마보다 뜨거운 사랑의 맥박을 찢고

가슴속으로 뛰어들어가

영원히 식지 않는 심장 소리로 남는다고 했다

나비의 꿈

삼월의 바다를 건너오느라 지친
나비의 비명 소리를 듣고
꽃망울은 깨어난다

소금에 젖은 날개가
에메랄드빛 햇살에 물들어
갓 스물 난 처녀의 치마폭으로 쏟아질 때
파도에 물든 하늘이 따라와
비단 같은 머릿결을 핥는다

별의 주소를 물고 바다를 건너온
나비의 더듬이가 꽃망울 속에서
달빛소나타를 연주하는 동안,

삼월의 대지는 아지랑이를 깨우고

제비꽃을 깨우고

민들레를 깨우고

심장이 푸른 나비의 가슴속으로 들어갔다

갓 스물 난 처녀의 눈빛을 훔치고 말았다

응답하라 1991

밥은 없어도 좋았다
허기진 배에 막걸리 한잔이 들어가고 뒤이어
김치 한 조각이 목구멍을 타고 넘어가면
속이 그득해지는 기분에 세상이 부럽지 않았다

매일 먹어도 질리지 않는 '평양집'
늙은 부부가 구워주는 두부구이 한 접시가 탁자에
놓이고 나면 하루가 가득 차올랐다

저녁 여섯 시가 지날 무렵 모여드는 사람들은 모두
하루를 단내나게 견딘 가난한 일꾼들이다
출판사 영업사원, 자동차 판매사원
노가다 현장 잡부, 동사무소 말단 공무원까지
밥보다 배부른 막걸리 한잔을 앞에 놓고
부흥회를 열었다

하루를 간증하는 사람들 틈에서 가끔은 은혜로운
천사의 음성이 들려서 뒤를 돌아보면

초콜릿과 장미꽃을 파는 할머니가 테이블마다
성지순례를 하고 있었다

초저녁이 지나고 술기운이 오르기 시작하는
아홉 시 무렵부터 허름한 대폿집과 선술집으로
순회하는 할머니는 절대로 적선은 받지 않았다

배고프고 가난한 사람들의 사정을 누구보다
잘 아는 할머니의 품속엔 오래전 집을 나간
손자의 빛바랜 사진 한 장이 들려 있었다

밥은 없어도 좋았다
저녁이 저물어 가는 시간, 하루의 기억을
털어버려야 하는 사람들의 서투른 술잔이 있는
'평양집'에서 두부구이에 막걸리 한잔 마실 수 있다면
그날은 성공한 셈이었다

청량리시장 홍두깨 칼국숫집

"안녕하세요?"

손님이 출입문을 밀고 들어오는 순간, 말꼬리가

올라가는 사장님의 경쾌한 인사말이

쉬지 않고 들려온다

칼국수 3,500원 짜장면 4,000원, 만두 3,000원

팥죽 5,000원 돌솥비빔밥 5,000원

주머니가 가난한 사람들을 위해 밥값은 싸게

양은 많게, 배고프고 속이 허전한 사람들이 없도록

소주도 팔고 막걸리도 파는 청량리시장

홍두깨 칼국숫집, 아침에 들르면 속이 따뜻해져서 좋고,

점심에 들르면 오후가 든든해져서 좋고

저녁에 들르면 하루의 고단함이 녹아내려서 좋다

시장 사람들도 공사장 인부도 지나가는 사람도

한번 들르면 반해서 단골이 되고 마는

세상에서 가장 아름다운 밥집,

밥을 다 먹고

출입문을 밀고 나가는 손님을 향해 "안녕히 가세요"

들어올 때처럼, 말꼬리가 올라가는

기분 좋은 인사를 건네는 사장님의 한마디가

찬바람 부는 거리에 나서도 가슴속까지 훈훈해진다

청량리시장 홍두깨 칼국숫집에 다녀오면

어머니가 비 오는 날이면 끓여주던

그 맛이 가슴속까지 차올라 가난하지만

마음 지갑이 든든한 하루가 시작된다

2월의 별빛 사리

새벽 세 시 십오 분, 달의 울음소리에 눈을 떴다
정월 대보름이 일주일밖에 안 남았는데
지금 잠이 오느냐는 달의 숨죽인 하소연이
차가운 유리창을 두드리고 있었다
창문 밖 설국 위로 눈보다 시린 달빛이 쏟아지고
새들은 아직 고요한데 달은 하얗게 질린 얼굴로
나를 바라보고 있었다
보름이 지나면 떠나야 하는데, 매달 초이레에서
보름 사이 사람들이 모두 잠든 새벽에만
잠깐 얼굴을 볼 수 있는데,
지금 잠이 오느냐고 눈을 흘겼다
다음 달이면 제비꽃이 피어나고
동백꽃도 피어날 텐데,
어쩌자고 새벽이 오는 줄도 모르고 잠만
자느냐고 어깨를 들썩였다
창문 밖은 달빛이 순결한 속살을 드러낸 채 나신으로
누워 눈부시게 빛나고 있었다
바람 한 점 없는 무정한 새벽은 별의 온기마저

삼키고 그 사람이 오는 길목 허기진 발걸음 소리를

내며 나를 따라 들어왔다

새벽 내내 방안엔 푸른 달빛의 옷 벗는 소리로

벽이 일어났다

멀리 백두대간을 넘어온 파도 소리가 달빛에 젖은

배추흰나비의 날개 속으로 파고들어 와

2월의 별빛 사리를 하얗게 하얗게

쏟아내고 있었다

함박눈

그 사람 가슴에선 치자꽃 향기가 난다

세상에 태어나 맨 처음 맡았던

아니 내 기억 속에서 사라진 우윳빛 살결에서 나던

우아한 향기,

팔월의 햇살 아래 순결하게 피어나 그리움의

방향으로 젖을 물리던 내 어머니를 닮은

그 사람 가슴에선 참말로 치자꽃 향기가 났다

이불 속으로도 들어오고

눈물 속으로도 들어오고

손끝으로도 들어오던

내 오랜 기억의 표구 속에서 나를 구원해준

그 사람 가슴에선 팔월의 소녀 냄새가

이명처럼 따라와 나를 잠들게 했다

해마다 팔월이 오면 가슴부터 새하얗게

물들어 나에게 처음으로 사랑하는 법을 가르쳐준

그 사람의 심장 소리로 오늘 아침,

십이월의 치자꽃이 하늘에서 내려왔다

제3부

달이 돌아왔다

달이 뜨는 방향으로부터 그가 도착했다

해저 깊은 곳의 캄캄한 어둠을 물고

어둠보다 깊은 별빛의 심장을 안고 달려와

맥박보다 빠르게 뛰고 있는

내 그리움의 온도를 쟀다

달은 그제야 슬며시 옷깃을 여미며

게으른 표정으로 떠올라 못 본 척 눈을 흘기고

그가 도착한 길 위로 별의 궤적을

먼 고가선 위로 이어놓고 있었다

바람은 강물 속으로 숨어들었다

산목련은 울음을 울려는 지

입술을 삐죽삐죽 내밀고

밤새 달그림자를 쳐다보며 자꾸

그의 나이를 물어보았다

꽃봉오리보다는 작고

눈송이보다는 크지만

심장 하나만은 우주보다 커

사랑의 무게를 잴 수 없는 한 사람의

정체를 물어보았지만

달그림자는 우스워죽겠다는 듯

이슬 몇 방울만 나비의 아침밥으로 남겨놓고

햇빛 속으로 황망하게 사라졌다

그렇게 해가 뜨는 방향으로부터

아주 막막하게 그가 출발하고 나면

다시 오랜 밤, 오랜 날들이 지나고

캄캄한 어둠을 물고 그가 돌아올 것이다

내가 기억하는 강가,

그 나지막한 뱃머리를 돌려 달빛처럼 고요히

내게 올 것이다

사랑의 마피아

촉각의 지도를 따라갔다

손바닥 위에 별을 그리고

별자리를 따라가며 당신의 언어를 만졌다

길 위를 따라가며 별의 노래를 들었고

강물 위를 건너며 달의 손길을 느꼈다

구름의 흰 냄새가 손끝에 닿았다

진달래꽃의 연분홍 꽃잎이 얼굴에 닿았다

풀잎의 이슬이 눈물에 닿았다

사방에 봄이 오고 있었다

달팽이 한 마리가 길을 나섰다

물고기 한 마리가 길을 나섰다

비둘기 한 마리가 길을 나섰다

모두 같은 자리에서 만나 새로운 지도를 그렸다

캄캄했던 시간 속에 불이 켜지고

수렁 같은 기억 속에 별이 돋았다

더듬더듬 지팡이를 짚고

내 사랑이 대관령을 넘어왔다

마음의 물줄기는 이미 백두대간의 혈맥을 지나

동해에서 서해로 담쟁이 넝쿨처럼 뻗어 내려가고

반딧불이 이끄는 대로 별은 반짝였다

말하지 않아도 손끝 너머로 전해지는

너라는 촉각의 지도가 나를 결박했다

물안개가 온몸을 휘감는 매캐한 후각으로

나를 따라왔다

오른손 검지의 지문 속으로 네가 데려온

별의 무늬가 떠올랐다

한 번도 빛을 보지 못한 사람처럼

한 번도 사랑하지 않은 사람처럼

너는 순백의 나라에 최초로 밀입국한

백치 마피아였다

오우도 五友盜

조선 인조 때 윤선도는 水, 石, 松, 竹, 月을
다섯 가지 벗이라 하여 변함없는 자연의 이치를
노래했는데, 육백 년이 지난 이 땅에서
오우가를 비웃는 다섯 개의 무리가 나타나
나라를 도적질하고 있다

아래로 흐르는 물길을 막아
나라의 흐름을 역류시키고
아랫도리 물놀이로 서초동 물은
이미 똥물이 된 지 오래다
오 년마다 바뀌는 임금도 안 무섭고
밥을 주는 백성도 안 무섭고
날 선 검으로는 백성을 베고
무딘 검으로는 뇌물 준 놈 밑씻개나 되는
제일 도적놈이 여기 있다

나라의 주춧돌 바로 세우라고
독립투사들이 목숨으로 길 닦아 놓았더니

친일매국노가 애국자로 둔갑해

무고한 백성 잡아 가두고 부정축재로

돈벌이해서 고대광실 화강암으로 집 짓고

백성을 걱정하는 척

연막 피우는 제이 도적놈이 여기 있다

사철 푸른 소나무의 절개로 백성을 위한

청빈한 선비정신 변치 말라 했더니

섬나라 오랑캐의 앞잡이가 되어

임금이 계신 경복궁의 금강송 기둥과 서까래 팔아

군수물자 만들고 객주가 놀잇감으로 팔아

제 배만 불린 놈들이 재벌 되고 상전 되어

나라의 주인인 척 거드름 피우는 제삼 도적놈이 거기 있다

학자와 관료는 대쪽 같은 지조와 결기가 생명이거늘

본래부터 대나무가 아니었으니 변절이 아니라고 바람이

부는 대로 제멋대로 휘어졌다 일어나서는

한 번도 변절한 적 없다고 구린내 나는 입으로

깨끗한 척 고상 떠는 제사 도둑놈이 여기 있다

달은 기울면 다시 차올라 어둠을 밝히는데 어둠 속에서
돈을 후리고 권력을 후리고 여자를 후리고
제 분신들마저 후리느라 날 새는 줄 모르다 들통나면
기억이 안 난다, 그런 줄 몰랐다, 나는 아니다
아랫사람이 한 일이다
거짓말하고 빠져나가는 제오 도적놈이 여기 있다

그러나 절대로 잊지 말아라
어둠은 절대로 빛을 이길 수 없다

1970년 시인 김지하가 국회의원, 재벌, 장차관,
장성, 고급공무원을 오적이라 부르다가 옥고를 치르고
사상계는 폐간되었지만,
2022년 다시 등장한 대한민국의 다섯 마리 도적놈은
입만 열면 거짓말하는 여의도 똥물에 사는
미꾸라지, 서초동 대궐 같은 공동묘지에 사는 검정고무신,

광화문 세종로 깍두기 촌에 사는 철밥통,

강남 마천루에 올라 날 새는 줄 모르고 세금 도적질하는

눈깔 뒤집힌 뽕쟁이, 그리고 분단된 나라의 아까운

청년들의 목숨을 담보로 거드름 피우며

돼지가 되어가는 별 볼 일 없는 별똥별들이

나라 살림을 거덜 내면서 바이러스로 벼랑 끝에 내몰린

백성들 구휼미 방출에는 나라 곳간이 비었다고 쌍심지를

켜고 있다

이런 천하의 오살할 놈들 말은

한마디도 들을 것 없이 아가리에 철심을 박아

위리안치 후 사약을 내리는 것이 마땅하지 않겠는가

최초의 꽃빛

정월 대보름이 지나고 달이 기울어 간다고
개가 짖었다
새벽 세 시를 넘어가는데 새벽하늘을 보고
개가 짖었다
자세히 들어 보니 달의 울부짖음이었다
단잠에 빠져 있던 삽살개를 깨운 건
보름을 막 지난 처녀 달빛이었다
차마 눈을 감을 수 없어
한숨도 못 자고 있던 달이 새벽을 깨운 것이다
동강의 물줄기가 돌아나가는 문희마을 나루터
빈 배에 홀로 앉아 반세기 넘도록 돌아오지 않는
집 나간 별의 인기척을 느낀 것이다
겨울나무 가지마다 가득 걸려 있던 어둠을 말끔히
씻어낸 달빛이 강물 속에 빠져 울고 있다
별의 눈동자를 마주 보려 했지만
머언 먼 그리움의 술기가 너무 싶어
강물의 바닥에 달빛이 닿는 아침이 오고 나서야
겨우 눈빛 하나를 마주했다

그리고 차마 집으로 돌아가지 못한 낮달로 남은

최초의 꽃빛,

바람의 눈물을 흘리고 있다

우리는 지금 청령포역으로 가야 한다

서강의 끄트머리가 마지막으로 청령포 포구에

걸쳐 있는 청령포역에 눈이 내리면

동강의 물길이 거슬러 올라와 강물을 얼리고 만다

잡풀만 무성한 채 역무원이 사라진 지 오래된

청령포역으로 무심한 기차가 지나가고

저녁 연기 사라진 방절리 사람들은 돈 벌러

서울로 간 자식들이 돌아오지 못할까 봐 가슴이

철렁 내려앉는다

영월역에서 철교를 지나온 기차도 제천에서

터널을 지나온 기차도

눈물이 그렇게 기적을 울리다가 톱밥 난로가

놓여 있던 빈 대합실의 불빛만 쪼이다가

신호수도 없고 플랫폼도 없는 철길을 떠난다

눈은 점점 쌓이기 시작하고 먼 데서 소복소복

걸어온 고라니의 발자국 위로 흰 눈이 덮이고 있다

마지막 기차를 타고 떠난 사람들은

아직 돌아오지 않았다

서로 반대편 기차를 향해 손을 흔들며

청령포역에서 이별한 사람들은
강물 소리가 다 저물도록 돌아오지 않고
허름하게 비어 있는 개찰구 너머로
지난밤 돌아가지 못한 늙은 별 하나가 나를
내려다보며 늦은 저녁밥을 먹고 있다

진달래꽃 필 무렵

3월에 봄비가 내리면 눈썹도 없는 착한 물고기들이
물 밖으로 고개를 내밀어 꽃봉오리와 눈 맞춤한다
겨우내 한 번도 물 밖으로 고개를 내밀지 않았던
것들이 우주로부터 온 선물을 받으려고
기웃기웃 하늘 구멍을 만들어
시간을 정지시켜 놓고 비를 맞는다
부끄러운 줄도 모르고 벗어놓은 옷이 떠내려가는
줄도 모르고 수다를 떨며 목욕을 하던 새들이
나뭇가지에서 나뭇가지로 옮겨 다니기 시작하면
나무들은 첫 생리통을 앓느라 온몸을 뒤척인다
빗방울이 강물을 건너느라 푸른 뜨개질로 부교를
놓는 동안, 시간의 마법은 풀리기 시작하고
물고기들은 입을 크게 벌려 별을 한 입씩 물고
물속으로 사라지고
새들은 잃어버린 옷을 찾아서 강의 하구로 날아간다
어머니가 처녀의 몸으로 나를 낳고 나무꾼이
숨겨놓은 옷을 찾으러 집을 나갔던 것처럼
새들은 구름이 흘러가는 반대편으로 날아올라

돌아오지 않았다

3월에 봄비가 내리면 내가 아는 사람들은 모두

숲으로 들어가고 새들은 겨우내 씨앗을 품었던

부끄러운 흔적을 돌아보며 쌍꺼풀도 없는

새싹들이 삐죽삐죽 서러운 울음을 터뜨리는 동안

나를 물끄러미 쳐다본다

언제 피를 토하면 되겠느냐며

원망의 눈초리로 나를 오래오래 쳐다본다

꽃춘기

이순 무렵 나는 꽃춘기를 앓았다

불과 반세기 전 나는,
똥구멍이 찢어지게 가난해서 사춘기가
얼마나 치료하기 힘든 전염병인지 알지 못한 채
면역력이 생기고 말았다

달춘기로 열병을 앓던 스무 살 무렵에는
삶의 처소를 방황하느라
시간을 낭비했고
별춘기로 사랑을 시작할 서른 살 무렵에는
좌절의 극단에서 스스로를 내려놓기도 했다

그렇게 나는 어느덧 아무도 돌아봐 주지 않는
해춘기에 이르러 비로소
사람다운 생각이 사람답게 여물기 시작했나
겨울이라는 기나긴 터널이 끝나가고 있었다

때마침 봄비가 내려 주었고

사방에 쏟아지는 온화한 햇살은

어리고 착한 나무의 이마를 짚어주었고

어둠은 밤새도록

우담바라 같은 풀잠자리 알을 관세음보살 가슴 위에

슬어 놓고 울었다

콜록,

꽃춘기가 시작되었다

물고기의 변명

나는 인간들에게 아무것도 바란 적 없다
우리 조상들은 단 한 번도 밥을 구걸한 적 없고
따뜻한 잠자리를 원한 적 없다
그럼에도 불구하고 인간들은 우리 조상들 적부터
꾸준히 우리를 괴롭히고 포획하고
산 채로 먹고 있다
우리가 죽어서도 절대로 눈을 감을 수 없는 이유는
너무 억울하고 분하기 때문이다
생각해 보라
아무에게도 무엇을 요구한 적 없고
밥을 구걸하거나 잠자리를 신세 지거나
사람을 해코지하지 않았다
조상의 수치스런 역사를 만회하려고 착하게 살고
있지만 언제 또 이유 없이 잡혀갈지 몰라
밤에도 난 뜬눈으로 지새운다
어떤 인간은 머리가 좋아진다며
차마 감지 못한 내 눈알부터 파먹으며 킥킥거린다
칼에 찢겨 피가 철철 흐르는 몸을 지켜보며

신선도를 체크하기도 하고 겉옷을 강제로 벗기며
입맛을 다시기도 한다
심지어 숨이 끊어진 지 며칠이 지났지만
생선生鮮이라 부르며 함부로 내 몸을 이리저리
뒤집어 본다
아, 아무리 생각해봐도 난 인간들에게 잘못한 게
없는 것 같다

종점

종점이란 말 참 따뜻하지
기약 없이 눈이 내리는 날,
기약 없이 떠난 길의 끝, 아무도 마중 나오지 않는
터미널에 내려 늦은 저녁까지 불이 환하게 켜있는
허름한 술집 문을 밀고 들어가면 사십 대 중반쯤의
여자가 술에 취한 듯 반쯤 감긴 눈으로 반기겠지
창밖에는 묵은 눈이 소리 없이 쌓이기 시작하고
사십 대 중반의 여자와 노가리 안주를 곁들여
맥주를 마시다가 나훈아의 '홍시'를 흥얼거리겠지
연탄난로가 식어갈 무렵, 술집에
딸린 작은 내실에 나를 눕히고 쓰러져 잠든
사십 대 중반 여자의 등을 바라보며 잠이 들겠지
아침 햇살이 내실 출입문 틈으로 밀려들 때쯤
조용히 일어나 터미널에 나오면 첫차의 엔진 소리가
허기진 속을 뜨겁게 해주겠지
그렇게 한 십 년쯤 지나 다시 그 송섬에 가넌
술집은 흔적 없이 사라지고 사십 대였던 여자는
아무도 돌아올 수 없는 또 다른 세상 끝 종점에서

더 이상 갈 곳이 없는 사내들의 빈 잔에 술을 따르며
빈 가슴을 내어주고 한 번도 가득 채워진 적 없는
술집의 불을 밝혀놓고
어머니처럼 나를 기다리고 있겠지

진달래꽃의 변명

저 연분홍 꽃은 노팬티다

듬성듬성 돋아난

어리고 수줍은 꽃술을 음모처럼 드러내놓고

당당하게 웃고 있다

치마를 홀랑 까뒤집은 채 누워서

음탕하게 호랑나비도 부르고

배추흰나비도 부르고 노랑나비 모시점나비

토종벌도 불러와 아랫도리를 아낌없이 보여준다

한번 노팬티 속을 들여다보고 간 벌 나비들은

정신을 못 차리고 그 뽀얗고 부드러운 속살과

고요하고 나지막한 향기에 취해

하루에도 몇 번씩 들락거렸다

어머니가 몰래 꿀단지를 숨겨놓은 다락을

끊임없이 들락거리던 어린 시절의 내 모습처럼,

그렇게 꽃술의 비밀이 풀릴 때쯤

꽃잎이 시들기 시작하면 벌 나비는 나른 지미 속을

기웃거리기 시작한다

평생 노팬티로 살았어도 다다단 열매 주렁주렁

매달아 꽃잎이 시들어도 누구보다 당당했던
작은 엄마 얼굴이 생각났다
자식들 줄줄이 낳아 젖 물려 키웠지만
단 한 번도 엄마라고 불리지 못한 여자,
사랑이 헤픈 것은 흠이 아니라
만병통치약이었다는 걸 작은 엄마가 돌아가시고
십 년이 지나도록 그리워하는 사람들의
표정을 보고 나서야 알게 되었다
그래서 나는 해마다 진달래꽃이 피는 봄이 되면
처녀가 애를 배도 할 말이 있다고 생각했다

소금 연인

티베트의 히말라야 산맥 해발 칠천 미터 고원지대에는

소금 연인이 살고 있습니다

마주 보고 살아온 지 수억만 년이 흘렀지만

아직도 만나지 못하고 손도 잡아 보지 못했습니다

지척 같은 봉우리를 마주하며 크레바스를 감춘 채

뿌리도 알 수 없는 눈 속에 소금의 심장을 품고

오래된 눈이 녹아 순결한 소금 옷이 드러나기만을

기다리고 있습니다

눈이 녹기 전에는 절대로 한 방울의 눈물도 흘릴 수

없기에, 눈물을 흘리고 나면 눈이 녹은 뒤 서로를

알아볼 수 없을까 봐 그립고 그리운 가슴

시린 날들이 속절없이 지나가도

물고기처럼 소리 내어 울 수가 없습니다

사랑하지만 만날 수도 없고 만질 수도 없는

수억 만 년의 고립, 그리움의 깊이를 잴 수 없어서

헤어 나올 수 없는 사랑의 크레바스에 묶인

운명을 어찌해야 할까요

눈물의 농도가 옅어져 눈이 되기 전에 만날 수

있을까요

눈 녹은 물이 다시 소금이 되면 안 될까요?

아버지의 꼬리

아버지는 본래 꼬리가 없지만 살면서 꼬리가 생긴다
어머니는 본래 꼬리를 달고 태어나 소녀에서 여자가
되는 동안 절정에 도달하지만 누구의 아내가 되고
엄마가 되는 순간, 꼬리를 감춘다
아버지는 자신에게 어울리는 꼬리를 찾느라 청춘을
보내다가 자식을 낳는 순간, 아내의 꼬리를 빌려와
죽을 때까지 그 꼬리를 흔든다
직장 상사에게 흔들고
자식들이 다니는 학교 선생님에게 흔들고,
권력의 깃발 아래서 흔든다
자식이 걸어가는 길목마다 자신의 발자국은 꼬리로
깨끗이 지우고 꼬리를 감춘 채 자식이 그 길을 아무
일 없이 지나가길 기도 한다
아버지의 꼬리는 처음엔 호랑이 꼬리 같다가도
점점 나이가 들어갈수록 늑대 꼬리 강아지 꼬리
물고기 꼬리로 진화를 거듭안나
대부분의 아버지들은 꼬리 세 개씩은 기본으로 달고 있다
어느 날 자식의 잘못 때문에 길바닥에서 뺨을 맞는

아버지를 만난 적이 있다

평생 가난해도 자존심 하나로 큰소리치며 살아온

아버지는 그날 아무 소리 못 하고 꼬리를 감춘 채

무릎을 꿇고 있었다

아버지의 어깨가 그렇게 초라해 보인 적은 처음이었다

무뚝뚝하셨지만 꼬리 하나 때문에

가족을 지킬 수 있었던 아버지,

아버지는 이미 오래전 자신의

꼬리를 스스로 잘라내고 말을 잃었다는 걸

알게 되었다

바람난 유월

꽃이 뜨겁다

꿩의 바람꽃은 더위를 먹었는지

하얗게 질려 있고

얼레지꽃은 하체가 뜨겁다며

치마를 뒤집어썼다

꽃이 뜨겁다

얼마나 뜨거운 지 십 리 밖에서 벌이 오고

백 리 밖에서 나비가 날아와 그 작은 날개로

쉬지 않고 부채질을 했다

질투가 난 엉겅퀴 쑥부쟁이 패랭이도

서둘러 꽃을 피웠다

사방이 뜨거워져

밤마다 여자들의 옷 벗는 소리로

계곡 물이 넘쳤다

사내들은 모두 미쳐서 집을 나갔다

달이 기울다

내 어깨는 항상 기울어져 있다

엄마가 나를 업고 길을 나서면

그 어깨 위에서 엄마 냄새를 맡으려고

한사코 엄마의 가슴으로 파고드느라

엄마의 오른쪽 어깨가 기울고

내 왼쪽 어깨가 기울고

꽃이 기울고

바람이 기울고

하늘이 기울었던 것처럼

나는 지금

서쪽 하늘가 붉은 점 하나가 사라질 때까지

달의 온도가 나팔꽃 속으로 숨어들 때까지

너라는 별이

달의 반대쪽에서

전생을 건너온 물의 흐름이 되어

나를 향한 사랑의 기울기를 끝낼 때까지

너에게 나를 보낸다

나에게 너를 보낸다

하얗다

원주시외버스터미널에서 이화마을 지나
치악예술관 가는 길 하얀 민들레꽃 한 송이를 만났다
철쭉꽃도 만나고 냉이꽃도 만나고
애기똥풀꽃도 만났지만
무심히 지나가다 마주친 하얀 꽃 한 송이가
나를 얼어붙게 만들었다
소년 시절의 순결한 첫사랑처럼 나를 들뜨게 했다
오천년을 지나온 이 땅에는 유난히 흰 꽃이 많았다
찔레꽃도 하얗고 배꽃도 하얗고 솜다리꽃도 하얗다
봉선사 연못에 피어난 새하얀 연꽃을 보아라
어느 부처가 그 꽃을 보고 부처의 화신이라 하겠는가
처녀 시절부터 무명 치마저고리 한 벌로 자식 꽃을
피워내느라 지문이 다 닳았던 어머니 무덤가에 핀
쑥부쟁이도 해마다 봄을 알리며 하얗게 피어났다
이 땅에 피어나는 꽃의 심장엔 하얀 유전자가
뿌리내려 사람의 가슴으로 흐르나
그리하여 다시 겨울이 오면 온 세상을 하얗게 덮어
이 땅에서 살아가는 사람들의 허물마저 덮고

별이 뜨는 저녁, 영혼의 바다에서

서러운 눈빛을 길어와

하얀 민들레의 뿌리를 부여잡는 것이다

명자꽃의 비밀

저년 봐 저년,
봄만 되면 환장하는 년
새빨갛게 분칠하고 길바닥에 나서
지나가는 남정네 쳐다보며 웃음 흘리는 년
저, 저, 저 치마 걷어 올린 것 좀 봐
어쩌자고 바람까지 불러와 십 리 밖까지 암내를
풍기는지, 꿀벌도 오고 나비도 오고
동네 강아지도 모여들어 짖어대는지
명자 엄마도 포기했는지 코빼기도 보이지 않고
지나가는 아줌마들 동네 망신 혼자 다 시킨다며
손가락질하고 물안개처럼 몰려온 총각들
공연히 앞 두덩이 부풀어 올라 쩔쩔매고
해마다 봄만 되면 동네 처녀들 덩달아 바람난다고
마을 반상회가 열렸는데
명자를 쫓아내면 동네도 거덜 난다며 쌍심지 켜고
반대를 한 별천지 마을 과수댁의 고십을 꺾을 수
없어서 올봄에도 명자년은
환장할 지경이 되었다는데

명자가 누구 눈치도 안 보고 질펀하게 놀다간 자리엔

누구 씨인지 모를 자식들이 수두룩하게

쏟아져 나와 두 눈을 말똥말똥하게 뜨고

순진한 척 나를 치어다보는 것이었다

이름의 의미

이름은 참으로 그러하다는 말이다
사랑하는 사람의 오랜 소망이 담겨 있고
보고 싶은 사람의 따뜻한 숨결이 들어 있다
누구나 그 이름을 한 번씩 부르면 부를 때마다
새로운 몸짓이 되어 다가온다
민들레야 진달래야 얼레지야 부를 때마다
꽃을 좋아하는 나비가 날아오고
어름치야 송사리야 가시고기야 부를 때마다
물 밖으로 고개를 내밀며 뛰어오른다
소나무야 자작나무야 참나무야 부를 때마다
나이테의 속을 딱딱 울리며 가지가 휘어진다
하물며 별이야 달이야 소리야 부르면
깡충깡충 달려와 가슴 한가득
꽃잎을 쏟아놓지 않겠는가
네가 이름이 있다는 것은
사랑받을 자격이 충분하다는 말이다
아주 오래전 사랑으로 지어졌다는 말이다
꽃처럼 나무처럼 물고기처럼

사랑이 머무는 방향으로 고개를 들어

눈을 마주 보아라

세상에서 처음 눈을 떴을 때

물빛에 젖은 눈빛으로 나직이 불러주던 어머니의

첫 목소리에 눈 맞추던 순간

내 이름이 완성되었던 것처럼,

하루 종일 밖에 나가 놀다가도 해지는

저녁 무렵이 되면 집집마다 어머니의 목소리가 울려 퍼진다

별이야 달이야 소리야 밥 먹어라

하루의 시작도 끝도 결국 사랑하는 사람의 이름으로

완성되는 것이다

무궁화호 열차를 타고 강릉역에 내리면

무궁화호 열차를 타고 강릉역에 내렸다
자정도 한참 지난 무렵 시골 간이역 같은
대합실을 빠져나오면,
마중 나올 사람이 한 사람도 없다는 걸
미리 알고 있는 오십 대 중반의 여자들이
어머니처럼 마중 나와 여인숙 간판이 다닥다닥
붙어 있는 골목으로 친절하게 나를 안내한다
아무도 반겨주지 않는 객지에서 이렇게 내가
환영받을 줄 몰랐다
늙은 홀애비 냄새가 배어 있는 여인숙 방에
가방을 내려놓고 담배 한 대를 다 피우기도 전에
나를 안내해준 여자보다
조금 어린 여자가 싸구려 향수 냄새를
풍기며 방문을 두드린다
낯선 객지에서 밤이 외로울까 봐 친절한 여자가
또 누군가를 보낸 섯이나
마치 오래전부터 같이 산 여자처럼 훌훌 옷을 벗고
다시 옷을 챙겨 입는 동안 아무렇지도 않게

새벽이 왔다

이제 더 이상 무궁화호 열차를 타고 오는

사람도 없고

마중 나오는 사람도 없고

스스럼없이 들어와 옷을 벗는 여자도 없는

강릉역에 내리면, 모두 원수진 사람처럼 뿔뿔이

흩어져 커피숍으로 바닷가로 모텔로 흩어진다

나는 또다시 외로워져 이십 년 전 그날의

흔적이 남아 있는 낡은 간판 사이를 지나

마지막 불빛이 새어 나오는

호프집 문을 밀고 들어선다

자아와 초자아 사이

가령 영화 기생충의 반지하 방에 폭우로

하수구 물이 역류해 몸이 다 잠길 지경이 될 때

겨우 고개만 내밀고 숨을 쉬는데

물에 잠긴 부분이 나인가

물 밖으로 숨을 쉬고 있는 머리가 나인가

아무리 맑은 날이라도 방안 가득 햇살이 들어온 적

없고 아무리 추운 날도 바람이 온 방을 휘감아 돈 적

없는 유배와 격리 사이, 대낮에도 언제나 절반의

어둠이 절망을 끌고 가는 곳

평생 물 밖으로 고개를 내밀고 악착같이 숨만 쉬었는데

발은 여전히 물속 바닥에 닿지 않고

끊임없는 자맥질을 하는

오리 신세를 못 면하고 있는,

장마철도 아닌데 비는 계속 내리고

하수구는 역류하고

바퀴벌레 한 마리는 물속에서

필사적으로 복숭아뼈에 매달린 채

떨어지지 않는데

제4부

희망을 파는 사월

영월 버스터미널 사거리 종묘사는
사월 한 달 바쁘다
새로 나온 모종을 인도에 쭉 늘어놓고
장 구경 나온 할머니, 밭에서 일하다 나온 농부,
옥상 텃밭 가꾸고 싶은 취미 농사꾼까지
길가에 차를 세워놓고
고추 가지 토마토 땅콩 옥수수 배추 딸기 모종을
들고 가는 발걸음이 기대에 부풀어 있다
모종을 들고 가는 이마에는 벌써
고추가 주렁주렁 달리고
가지와 토마토를 따 먹으며 즐거운 기억이
별빛처럼 반짝거린다
밭고랑을 세우고 모종삽에 소망을 담아 푸욱,
모종을 넣고 북을 올려주고 나면
나머지는 하늘의 몫이다
자식을 먹이고 공부시키고 나면 서 혼자
꽃 피고 열매 맺듯, 모종 하나에
주렁주렁 희망이 달린다

아무라도 영월종묘사 앞을 지나갈 때는
새싹을 사고 싶어진다
한두 달 뒤에 찾아올 틀림없는 약속을 기억하며
입가에 저절로 미소가 그려지는
영월 종묘사 앞에선 사월 한 달
희망이라는 이름의 추억을 판다

두부 장수

새벽 5시 반, 청량리시장 한 모텔에 누워
두부 장수의 종소리에 눈을 떴다
도심 한복판에 밭 갈러 가는 어미 소의 워낭소리가
5층 객실 창문 너머로 올라와 나를 깨웠다
철도 건널목도 없는데 딸랑이 소리가 반복적으로
들려왔다
말 한마디 없는 신호를 알아듣고 첫 새벽 간수를
길어와 순백의 아침을 맞이하러 나온 사람들 손에
김이 모락모락 솟아나는 두부 한 모가 들려 있다
지난밤의 죄는 다 잊고 새로 오는 아침,
다시 태어나는 영혼이 되라고 착하고 여린 입자들을
거르고 눌러 몸속에 영접하는 순간
흰 사슴의 눈동자가 되라고 새벽을 길어와
종소리를 부려놓았다
오늘 하루 죄 사함을 받으려면 아침 밥상에 두부를
올려야 한다

그리고 청량리 588번지 일대에 올라가는 팔십 층짜리

초고층 아파트 펜트하우스에 올라 이 땅의

죄인들을 불태울 마지막 소지를 올려야 한다

소쩍새를 조문하다

내설악 그 밤, 소쩍새가 밤새 울었다

자정을 넘어서고 새벽이 와도

솥이 적은 누이는 울기만 했다

목이 쉬도록 울었다

누이가 할 수 있는 일이 없어서

설악산의 가슴에 귀를 대고 바보처럼 울었다

봉정암에서 기침한 별은 만해를 만나고

용대리 백담천을 걸어 내려와

불두화 속으로 들어갔다

내린천에서 대청봉을 향해 오르던 서투른 바람은

설악산 나무에 부딪혀 푸른 멍 자국을 만들고

소식을 듣고 달려온 까마귀, 밤새 다녀간

별의 주소를 아느냐고 물어왔다

아침이 오도록 소쩍새가 돌아오지 않아

하늘의 심부름을 왔다는 까마귀,

지난밤 소쩍새는 하늘에 닿았다고
설악산의 나무들은 일제히 꽃을 피웠다고,
묻지도 않은 소식을 내려놓고
설악산이 떠나가도록 울었다

밑장 빼기

그는 결코 아무에게나 속내를 털어놓지 않았다
친한 친구에게도 함부로 자신의 약점을 드러내지
않았고 같이 밥을 먹기도 하고 가끔씩 술도 한잔
했지만 상대방의 얘기만 묵묵히 듣고 앉아 있다가
그래, 맞아 그랬구나, 그렇지, 하고
맞장구쳐주는 게 다다
그와 초등학교 시절부터 친구인 나도 도통 그의
생각을 짐작하기 어려웠다
나는 오래전 내 밑바닥을 다 드러내고 다시
일어서는 모습까지 보여줬지만
그는 아무것도 말하지 않았고
아무 생각도 공유하지 않았다
얼마 전 그가 죽었다
그날 그의 아내와 딸이
상주로 있는 영안실에 살아생전
한 번도 얼굴을 본 적 없는
여자가 예닐곱 살쯤 되어 보이는
남자아이의 손을 잡고 걸어 들어와

마치 부모를 잃은 것처럼

서럽게 울다 아무 말 없이 돌아갔다고 한다

그늘

그늘이 그늘을 만나면 그늘이 된다

나무의 그늘에는 벌레가 깃들어 살고

사람의 그늘에는 그림자가 깃들어 산다

그늘 속을 가만히 들여다보아라

살아있는 것들이 숨 쉬고 있다

어린 것들이 눈을 뜨고

어미가 물어다 주는 햇살을 받아먹느라 분주하다

강을 건너오느라 젖어버린 달의 발걸음 소리도

들여놓고

언어가 동결된 얼음장 속을 걸어온 날짐승들의

피 울음 소리도 들여놓고

그늘은 그늘을 품는다

숯 검댕이 닮은 어머니의 맑은 그리움을 보면 안다

얼마나 오랫동안 얼마나 한결같은 마음으로

자식을 기다려왔는지

정암사 적멸보궁에 비가 내리면

칠월의 마지막 날

정암사 적멸보궁 뜨락에 앉아

빗소리를 듣는다

적멸보궁 추녀 끝에서 내리는 푸른 빗소리는

자장율사의 천삼백 년 지팡이를

적시고 수마노탑을 흘러 내려온 바람 소리

나리꽃의 가슴을 열어놓았다

범종각을 지나가는 개울물 소리,

문수보살의 웃음소리를 닮은 듯

찰 찰 찰, 함백산의 별을 씻고

만항재에 오른다

소나기가 모여 흘러가느라 절 마당 가득

작은 골짜기가 일어나고

비구니 스님의 예불 소리

천상의 화음 되어 산자락에 눕는다

보아라, 정암사 적멸보궁에 비가 내리면

하루 종일 적적해하시던 예수님도 선물처럼

조용히 다녀가신다

평창 오일장

오일장이 서는 평창 터미널 뒤쪽으로

장맛비 그친 틈을 타 할머니 몇 난전을 펼쳤다

오이 몇 개, 가지 몇 개, 강낭콩 한 바구니

고추 몇 봉지, 옥수수 한 망, 깻잎 서너 단,

호박잎 한 다발 펼쳐놓고

하늘이 개기만 기다리고 있다

드문드문 오가는 사람들을 바라보던 할머니

구경만 하고 가라고 해도

반응이 없자 식당에도 들러보고

미용실도 들러보지만 보따리는 그대로다

할머니 낯빛을 보니 아직 개시도 못 한 듯한데

비는 또 몇 방울씩 떨어지기 시작하고

장 구경 왔던 사람들은 이틀 동안 내린 비로

강물이 불었다며 평창강 제방에 물 구경 가고

장꾼들 몇은 삼삼오오 모여 앉아 이른 국밥을 먹는다

"낼모레 봉평장엔 손님이 좀 들려나"

"난 글피 진부장이나 가보려네"

"그나저나 비가 그쳐야 할 텐데,

날씨가 입추 턱을 단단히 하는구만"

시장을 한 바퀴 돌아 나온 할머니 바구니는 그대로다

자리를 툴툴 털고 일어서는 장꾼들도 보였다

"오늘 장은 글렀네"

"다음 장에 봐"

서둘러 짐을 싸는 장꾼들 사이로

파시의 천막이 걷히고 장바닥 길로

푸른 어둠이 내려와 흰 머리칼을

쓸어내렸다

61년생 김영호에게

정선 삼척탄좌 갱도에서 석탄 캐던 영호야

1986년 2월 스물네 살 나이에 700 지하 갱도를

따라 방진마스크 쓰고 뜨겁게 숨 쉬던 친구야

나는 너를 알지 못한다

삼천포에 살았다는 것도

네가 떠난 지 삼십 년도 더 지나 이곳에 와서 알았다

월급 사십삼만칠천 원을 받으며 막장에서 숨 쉬고

있을 때 나도 그곳으로 가고 싶었다

그러나 나는 이미 수년 전 뜨거운 피를 어쩌지 못해

깃발을 높이 들고 외쳤던 전력 때문에

아무것도 할 수 없었다

61년에 태어난 화전민이어서 배가 고팠고

61년에 태어난 초등학생이어서 삐라를 주우러 다녔고

61년에 태어난 대학생이어서 최루탄으로 배를 채웠고

61년에 태어난 베이비부머라서

평생 찬밥신세를 면치 못하고 있다

삼천포에서 태어난 61년생 영호야

네가 막장에서 캐낸 석탄으로 나는

내 자취방에 온기를 지피며 살아남을 수 있었다
새벽까지 잔업을 하고 들어와 불 꺼진 아궁이에 젖은
연탄 피우다 잠이 든 꽃다웠던 누이는
아직도 너를 사랑하고 있다
날마다 청춘의 속이 푸르게 타들어 갔던 사북은 지금
전국 각지에서 슬픈 기린들이 만항재로 모여들어
새벽이 오도록 불이 꺼지지 않는
별 무덤을 만들고 있다

부르지 못한 별의 노래

어머니는 화전민의 아내였다
열여섯에 시집와 열일곱에 나를 낳고 보리죽으로
연명했다 화전엔 감자와 메밀밖에 심을 수 없어서
낱알로 된 곡식 구경하기가 하늘의 별 따기였다
어린 어머니는 젊은 시어머니를 따라
산으로 들로 나물을 뜯으러 다녔고
아버지는 농사일보다 투전판으로 어울려 다녔다

이 년 뒤 남동생이 태어났지만 살림살이는
좀처럼 나아질 기미를 보이지 않았고
사립문 밖은 늘 굶주린 부엉이 울음소리로 가득했다
이듬해 함께 월남해 화전을 일구던 큰아버지가
원인 모를 병으로 숨을 거두고
어머니는 두 살 된 남동생만 데리고 집을 나갔다

그렇게 사춘기가 지나도록 어머니는 돌아오지 않았다
아버지도 돌아오지 않았다
그리고 할머니가 별을 보는 시간이 늘어날수록
내 외로움도 늙어가기 시작했다

열일곱에서 시작한 객지 생활 내내 어머니는
방구들 속으로 나를 따라왔고
아버지는 먹구름처럼 몰려왔다

나는 아무것도 할 수 없었다
아직도 나는 초저녁 하늘에
별이 돋아나는 걸 보지 못한다
차마 별의 이름을 부르지 못한다

봉투

어린 시절 아버지의 귀갓길이 기다려지는 건

오직 누런 봉투 때문이었다

어떤 날은 따끈따끈한 호떡이 들어 있었고

어떤 날은 김이 폴폴 나는 군고구마가

들어 있었다

한 달에 한 번 월급날엔 튀긴 통닭이 들어 있었다

그때는 솔직히 아버지 보다

누런 봉투가 기다려졌었다

취기에 얼굴이 붉어진 아버지가 잠바 주머니에서

수줍게 꺼내 놓던 월급봉투도 누런색이었다

그래서인지 몰라도 아버지 나이를 넘긴 지

한참 지난 지금도 나는

길거리에서 누런 봉투를 들고 가는

남자들을 만나면 그 속의 내용물이 궁금해진다

한 달에 한 번 받는 월급봉투는 사라진 지 오래다

시장에서도 길거리에서도

음식이 속이 보이지 않는 까만 비닐봉지에 담기면서

우리는 각자의 비밀을 만들기 시작했다

가난했던 시절 아버지가 들고 온 것은

가족에게 나눠 주고 싶었던 당신의 유일한 체온이었다

어느덧 봉투를 전해 드릴 아버지마저 사라진 지금

나는 아무리 맛있는 음식을 먹어도

아버지의 누런 봉투 속에서 꺼내 먹던

호떡 군고구마 튀긴 통닭만큼

배가 부르지 않다

밥 한번 먹자
- 존경하는 이충희 시인님 영전에

'총각, 밥 한번 먹자'

한 달에 한번 바다시낭송회 날 남문동 찻집에서

만나면 반갑게 건네주시던 그 한 마디에

언제나 힘이 났었는데, 어느 여름날 경포 가는 밥집에서

세상에서 가장 값진 모내기 밥을 얻어먹었는데,

마지막 가시는 길마저 후배들 불러놓고

밥을 대접하시는 선생님, 이제 다시는 누가 '총각,

밥 한번 먹자'고 할 사람이 없으니 어찌해야 할까요

뜨락의 감나무처럼 언제나 주렁주렁 마음의 열매를

나눠주시던 그 따뜻한 체온을 이젠 어디라서 다시

만날 수 있을까요

다시 봄이 오고 있는데 복수초는 벌써 피어나고 있는데

선생님은 어떤 꽃을 피우시려고 눈을 감으셨을까요

별의 눈으로 세상을 보시고 달의 빛깔로 사람을

비추시던 그 낭랑한 음성 어디라서 다시 들을 수 있을까요

다시 아침이 오면 프리지어 꽃다발 한 아름

꺾어 들고 뵈올 수 있을는지요

다시 그런 순간이 온다면

예전처럼 달빛보다 환한 미소로

저를 불러 주세요

'총각, 밥 먹으러 가자'

오늘도 저는 선생님이 차려놓으신 밥 잘 먹고 갑니다

바람의 사형수

그의 영혼 속으로 들어가고 싶어서
젖꼭지의 비밀번호를 눌렀다
이십여 년전 알고 있었던 번호를 기억해 눌렀지만
열리지 않았다
이미 비밀번호를 바꾼 지 오래되었는지
두 개의 방은 굳게 잠겨 있었다
순수하고 뜨거웠던 방으로 가는

비 그친 오후, 평창강 벗나무 가지
거미줄에 걸려 바둥거리는
잠자리를 날려 보냈다
순간 눈앞에서 바둥거리는 잠자리가
안쓰러워 꺼내 주었지만
근처에서 때를 기다리고 있을 거미에게 미안했다

살아오는 동안 수없이 반복된

내 미련한 순간에 빠져

밥을 굶고 자식을 잃었을

수많은 어미들 가슴에 못을 박았다

나이를 먹고 젖꼭지의 비밀번호도 알지 못한 채

뻔뻔하게 그녀의 영혼 속으로 들어가려고

젖꼭지의 비밀번호를 누른

용서받을 수 없는 나는 이미 오래전

바람의 교수형에 처해진 투명인간이다

독獨, 毒

알고 보면 연약한 기억들을 담고 있다

그렇게라도 하지 않으면 살아남을 수 없다

아무나 함부로 하려 들고

아무나 놀려주었다

태어나면서부터 그런 존재는 없다

수없이 놀림당하고

수없이 괴롭힘을 당하면서도 스스로를

지키고 싶은 것이다

자식이 굶는 것을 보고

사랑하는 사람이 고통받는 것을 보는 순간

꼭지가 도는 것이다

겉으로 바위처럼 차갑고 단단해 보이지만

그 바위를 쪼개보면 안다

심장이 녹아내려 눈물로 가득 찬 지

오래라는 걸,

그 눈물이 굳어 바위가 되었다는 걸,

겉으로 연약한 척하는 존재일수록

그 속은 치명적이라는 것을 깨달아야 한다

벌도 뱀도 지네도 본래는 순한 동물이었다

검룡소 가는 길

물의 정령이 하얗게 세상의 모든 길을 지우던 날

한강 발원지 태백산 검룡소로 향하다

두문동재에서 길을 잃었다

돌아와 보니 이십여 분쯤 지날 무렵이었지만

천오백 년 전 어느 바닷가를 다녀온 후였다

출구를 찾을 수 없는 물의 정령은 검룡소로 향하는

동안 길을 하얗게 지우며 따라왔다

태백산 줄기는 한 줌도 보여주지 않은 채

하장 가는 길 검룡소의

분출구 속으로 내 영혼이 빨려들어 가고 나서야

물안개는 사라졌다

이 땅에 사는 절반의 사람들 심장을 뜨겁게 뛰게 하는

성소로 향하는 길은 푸르고 싱그럽고 수상했다

태백정맥 가장 깊고 은밀한 곳에 숨겨진

천이백 리 한강의 발원지가 내 몸속으로

들어온 순간,

마다가스카르의 바오밥나무가 지구를 관통해

내 몸의 뿌리가 되었다

물 다이아몬드 화살촉 하나가
내 심장을 뚫고 용이 되었다

불

그는 불이 되고 싶었다

사는 동안 내내 가슴이 뜨거워 여기저기 닥치는 대로

불을 내고 다녔다

그를 만난 사람은 대부분 타 죽거나 심각한 화상을 입고

한동안 병원 신세를 져야 했다

그렇게 평생 동안 불을 지르다 마지막 순간

그는 계영배를 만들었던 가마 속으로 기어들어가

스스로 불이 되었다

얼마나 뜨겁고 찬란하게 타올랐는지

그을음 하나 없고 뼛조각 하나 남지 않았다

불빛 사리가 얼마나 영롱했던지

오래전 세상을 떠났던 할머니 혼불도

아버지 혼불도 구경을 나왔다

불이 사윈 자리

그가 살아야 했던 어둠 깊은 삶의 한풀이라도 하듯

무지갯빛 혼불을 담은 자수정 하나

빛나고 있었다

죽어서도 누군가의 가슴에서 불이 되고 싶었던 것일까

미적지근하게 사는 걸 누구보다 싫어했던 사람,

비겁하게 사는 걸 누구보다 혐오했던 사람.

산 채로 불이 붙어도 눈 하나 깜짝 안 했던 사람,

그 사람이 지금 저기

캄캄한 어둠 속에서 꽃불을 먹고 있다

비자림

천년의 숲 비자림에 갔다

원시인이 살고 있을 법한

햇볕 한 점 들어오지 않는

레드 로드 숲길을 걸어가는 동안

한라산의 숨결이

보약 달이는 냄새를 뿜으며 쏟아져 나왔다

벌써 내 발걸음 소리 오름에 닿았는지

팔백 년 비자나무 상수리에서

딸꾹딸꾹 밭은기침 소리 들려왔다

갓 돌 지난 아이 아랫니 두 개를 내보이며 울고 있고

천년의 향기를 공짜로 마시고 나온 아가씨

"에이 아무것도 없잖아, 씨"

그 뒤를 따라오던 아줌마

"난 비자림이 자우림인 줄 알았어"

하하, 이만하면 됐다

오늘 택시비는 건졌다

내 수명이 십 년은 늘어났겠다

몽유도화도 夢游桃花圖

이백 년도 더 지나 보이는

한옥 툇마루에 열 살 남짓 되는 여자아이가

쪽 찐 머리를 하고 앉아 있다

대숲에선 푸른 바람이 불어오고

들판을 가로질러 흘러가는 강물 소리를 물고 온,

새들이 감나무 가지에 앉아 아이를 쳐다본다

아무도 없는 텅 빈 집에 홀로 앉아

바람을 고르고

햇볕을 고르고

소리를 고르던 여자아이가

하늘의 무늬를 물고 방그레 웃는다

아하 대낮에도 별이 뜰 수 있구나

꽃을 물고 별이 될 수도 있구나

이백 년이 지나도록

한결같은 숨을 쉬며 빈집에 깃들어 사는

꽃 한 송이 때문에

나는 왜 숨이 막히는 걸까

마지막 인사

흰 나비가 날갯짓하면
늙은 달이 마중 나와 있는
늙은 다리를 건너
저녁 드시러 오세요

빨간 우체통이 있는
길목을 지나
보랏빛 말간 도라지꽃 한 송이
한 곳만 바라보며 서 있는
푸른 길목을 지나오세요

앞서가지 마세요
어차피 떠날 때는
그 손 놓아야 할 텐데
벌써부터 혼자 가지 마세요
이제 더 이상
흰 나비가 오지 않을지도 몰라요